爆笑漫畫伊索寓言 1

沈車燮　圖 / 文
何莉莉　譯

新雅文化事業有限公司
www.sunya.com.hk

一看就懂的趣味伊索寓言

古希臘時代的伊索，在創作故事方面非常有才華。他創作的故事富有發人深省的人生道理，因此成為歷久不衰的經典。即使時已至今，他創作的故事依然口耳相傳，並被輯錄為《伊索寓言》。

在《伊索寓言》裏，有很多動物角色登場。伊索在這些動物身上投射了各種各樣的人物形象，借助不同動物的屬性，道出善者、惡霸、愚蠢的人、貪婪的人、騙子、狡猾的人等等的故事。

本系列《爆笑漫畫伊索寓言》選取了其中八十八個故事，每個故事以兩頁輕鬆惹笑的漫畫形式呈現。一起來通過這些喧鬧的動物小故事，探尋書中隱藏的智慧吧。也許當你們在校園生活中需要作出重要抉擇時，這些故事會有很大的幫助呢！

動物角色介紹

白鶴

用長喙吃東西，因為這個和狐狸吵架。

兔子和烏龜

雖然有時會互相競爭和打架，但他們兩個是最要好的朋友。

烏鴉

經常抵不住誘惑，比誰都渴望得到錢財。

獅子

作為森林之王，勇敢又兇猛，大多數動物都不敢反抗他。

狐狸

性格狡猾，經常欺詐其他動物，但有時候自己也會受騙。

驢子

是個想得到主人認可的淘氣鬼。

野豬

唯一能與獅子抗衡的動物。

黃狗

經常因為貪婪或傲慢而蒙受損失或做出丟臉的事。

狼

經常欺騙和欺負弱小的動物，例如小羊。

目錄

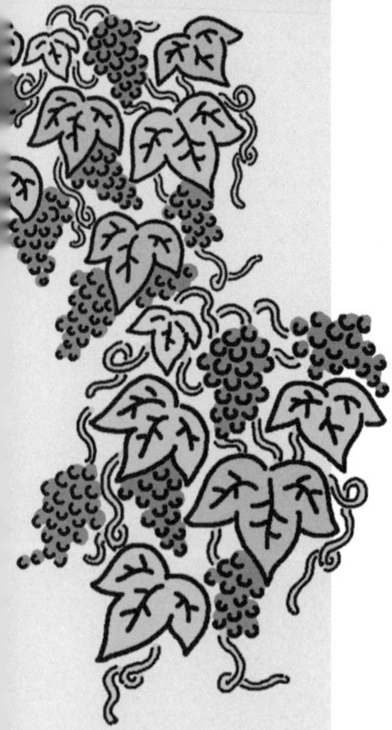

龜兔賽跑

寓意
無論你多有才能，如果不努力，最終必然落得驕兵必敗的下場。

濟州島

烏龜啊，都怪你，現在才走了不到一半的路程呢！

不要小看我，說不定我比你更早去到呢。

那我們來比賽看看誰先到吧？

好啊，你不要踩線！

勝負太明顯了。

贏了的人，我今晚請他吃飯。

願賭服輸，你到時候不要耍賴啊。

烏龜加油！烏龜必勝！

嘿！烏龜你為什麼還不出發啊？

踏踏踏

我已經出發了啊！

呵呵，真無聊！
我走路也贏定了。
踏
踏
踏
跑得太快了，
好累啊……
哈欠
兔子
在睡覺呢。
這樣下去很快
會被追上……
呼～
嗯…
啞！
我不會休息的，
努力跑吧！
嘩，
烏龜贏了！
太厲害！
不可以啊啊啊～
自以為跑得快，最後
還不是輸給烏龜了。
你看，
我贏了！
晚餐招待券
－狐狸－
你今晚
就挨餓吧。
我太小看烏龜了，
好丟臉啊……
烏龜啊，
做得好！
今晚我請你
吃飯！

狐狸和白鶴

寓意

給別人製造困難，自己也有可能會自食其果。

這家咖喱店很出名的，我很辛苦才預約到，大家要吃多點啊。
…
這要怎麼吃啊……狐狸只懂照顧烏龜，根本不替我考慮。
篤
篤
篤
狐狸，我們點別的食物給白鶴吧。他的長喙不太能吃到……
既然來到咖喱店，為什麼還要吃別的食物呢？他可能只是胃口不好吧。
呵呵！吃得太飽了。白鶴，我請你吃這麼好吃的東西，你都不吃嗎？
白鶴，感謝你的禮讓，讓我們吃光你的份兒。

既然你請我們吃了一頓美味的晚餐，那我就請大家喝橙汁吧。
濟州橙汁
嘩！竟然還有橙汁喝？
瓶口又窄又深，吃不到裏面的果肉呢……
舔
舔
好甜啊！狐狸，請你喝這麼好喝的東西，你為什麼都不喝呢？
咕嚕
白鶴，沒想到你是這樣的人……
剛才白鶴的表情看起來不是很高興呢。
啊，是野豬嗎？好久不見啊！
白鶴，你為什麼在這裏呢？
遇見你真是太好了！你喝橙汁嗎？狐狸他好像不是很喜歡喝呢。
白鶴啊，對不起……下次我再請你吃飯吧！
打碎瓶子喝吧

野豬和狐狸

 寓意
在危險來臨之前，提前做好準備會更好。

我們今晚就住在這家民宿吧。

嘩，好啊！

野豬，你今晚也跟我們一起睡在這裏嗎？

你們幾個約好來玩的，我在這裏會妨礙你們嗎？

沒事，不會的。

大家都還在吃飯呢，他怎麼在磨牙這麼髒？

喀嚓！

野豬啊，你怎麼不分場合就開始磨牙呢？

不滿

我只是未雨綢繆啊，萬一有獅子或其他可怕的動物突然出現的話，那該怎麼辦啊？

喀嚓！

再磨一下，門牙就會變得非常鋒利了，你看是不是？
那又怎樣？這裏又沒有獅子！根本沒有用。
誰知道呢？
有了尖銳的牙齒，不用手也可以開罐頭呢！想看看嗎？
嘩！好厲害啊！
小意思啦，哈哈！
呃……
你的尖牙好厲害啊！有你在，就算真的有獅子也不用怕了。
若被那尖牙刺中，肯定會很痛呢。趁還沒被他們發現，我還是趕快溜走！
哈哈哈哈

三頭公牛和一隻獅子

寓意
最安全的事莫過於親近朋友，遠離敵人。

咦，那邊有三頭美味的公牛呢！

吧唧吧唧

如果直接攻擊，他們肯定會立刻逃走，豈不是更難抓住他們？

有了，想到好辦法了！

喂，牛先生！

我只告訴你一個哦，那邊有很多好吃的草呢。

誒？

嘻嘻，我要偷偷過去一個人全部吃掉。

你的朋友正在一個人偷吃更美味的草呢。在草被他吃光之前，你也趕緊過去吧！
你說什麼？
他居然這麼貪心！
作戰成功！現在只剩下一頭了吧？
嗚吼～
嗚哇！
鴉鴉
鴉鴉
真是美味又營養豐富啊！
吃得真飽！把他們分開真是個好辦法。
要不試試把剩下的公牛也抓起來呢？
鴉鴉

狐狸和烏鴉

寓意

驕傲自滿的思想會使人做出愚蠢的行為。

鴉鴉
吧唧
悄悄地！
偷回來的東西總是更美味的，要藏起來慢慢吃才行！
你想不想吃那隻烏鴉嘴裏的肉呢？
那個？
烏鴉是所有鳥類裏面長得最好看的呢！
說我嗎？
真有眼光！我也覺得是。

身形優雅，翅膀又有光澤，真是氣度不凡啊。烏鴉一定會成為百鳥之王的！
這你都能說出口？你真是越來越有口才。
烏鴉的外貌這麼出眾，聲音應該也非常好聽吧？真的好想聽一聽啊！
既然你這麼想聽，我就為你高歌一曲吧。
鴉 鴉 鴉
篤
咦？
好委屈
哈哈！成功了！可是，肉掉到哪裏去呢？
喂！等等！
意外收穫！

兩隻羊

 寓意
如果只站在自己的利益點出發，互相不讓步的話，結果只會什麼都得不到。

嘭嘭

這是今天第二次了，為什麼總有人擋住我的去路？

聒聒噪噪的吵什麼！不懂得要給老人讓路嗎？

是我先走上橋的，當然應該由爺爺你先讓開！

哼 哼

走開！

你先走開！

=3 =3

是山羊啊！

想要山羊口中的那塊肉……要不要在他們打起來之前，把肉搶過來呢？

你家裏沒有老人嗎？為何不懂禮讓？
我爺爺已經去世了！
居然還頂嘴？你這個沒規矩的傢伙！
身為長輩，你應該以身作則才對！
爭吵不休
呃啊啊啊
啊啊
我的肉！
是 999 嗎？
救命啊！
撲通
撲通

愚蠢的狗

寓意

任何時候都不要為了得到某樣東西而做危險的事。

你們看看那邊！河裏有一塊肉呢！
耶！
但是水太深了，肉拿不上來呢。
怎麼辦呢？
我有一個好辦法！我們把河水全部喝掉吧！
好辦法！
好！我們現在就開始吧。
呼嚕嚕嚕嚕！

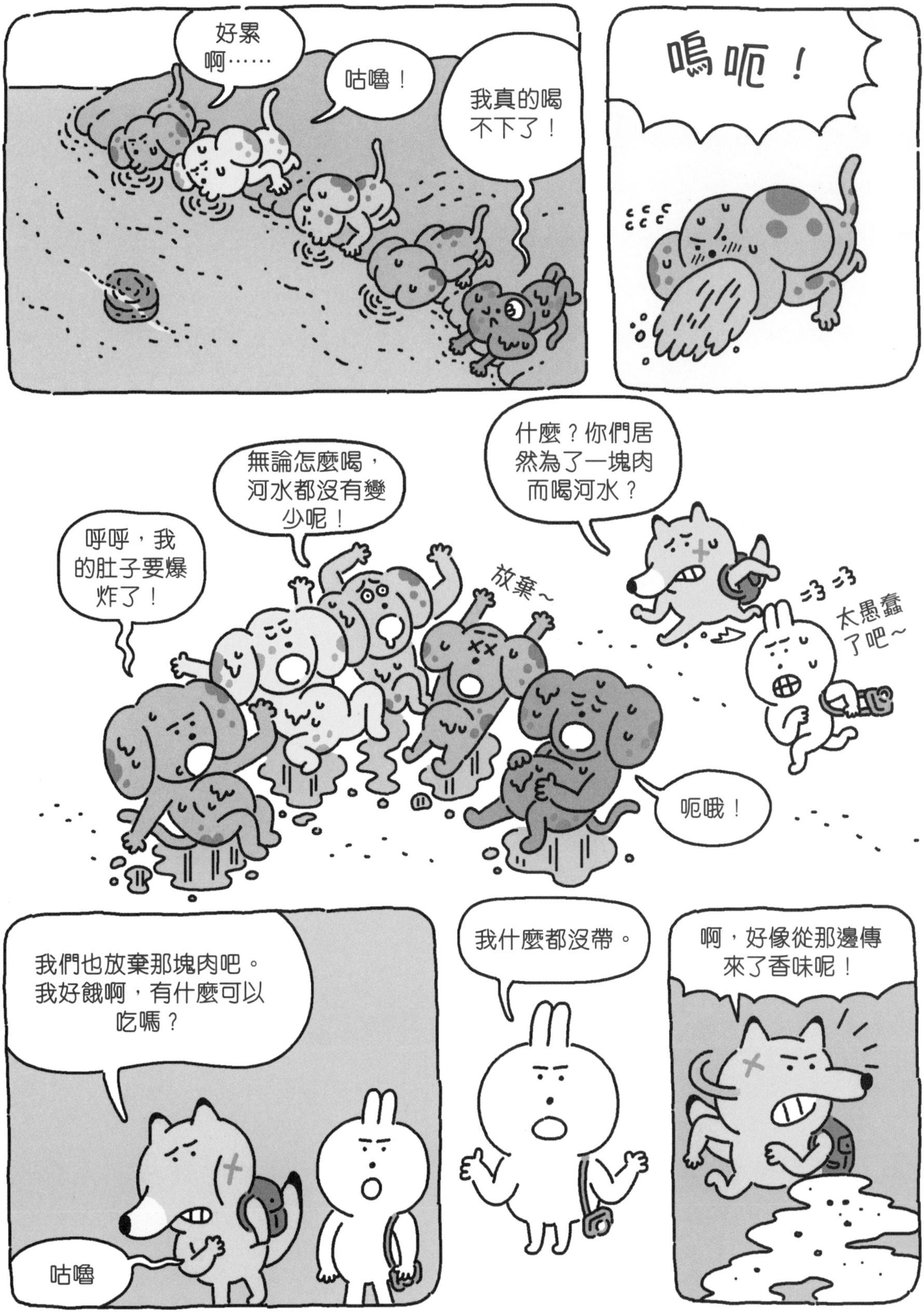
好累啊……
咕嚕！
我真的喝不下了！
嗚呃！
呼呼，我的肚子要爆炸了！
無論怎麼喝，河水都沒有變少呢！
放棄～
什麼？你們居然為了一塊肉而喝河水？
太愚蠢了吧～
呃哦！
我們也放棄那塊肉吧。我好餓啊，有什麼可以吃嗎？
咕嚕
我什麼都沒帶。
啊，好像從那邊傳來了香味呢！

吃飽了的 狐狸

 寓意
有時候，時間可以幫我們解決問題。

就是這裏傳出香味呢！

狐狸，入口太窄了，別進去啊。

我去看一看那裏有什麼。

太棒了！洞裏有好多食物呢！

我要吃到肚子撐破為止！

吧唧吧唧！

這應該是別人收集的食物，不要吃了，快出來。
你也進來一起吃吧，快點吃完就溜。
我不吃……
我吃飽了，現在就離開吧？
噢，肚子吃太飽了，被卡在洞裏了！
老爺爺，請過來幫幫忙！
把我拉出來…
還能怎麼辦呢？等他變回進去時那麼瘦，便可以出來吧。
你減肥再出來吧，我先走了。
不要走！我不應該這麼貪心吃這麼多的。
好難受……
嘖！

蒼蠅和蜜罐

寓意
貪吃美食不是錯，但有時候也會成為不幸的原因。

狐狸，喝點蜂蜜吧，喝了胃會舒服點！

你為什麼現在才來？

喝了蜂蜜茶以後，終於好一點了，謝謝。

我再睡一會兒才出發吧……

好吧，我們先出去了。

我們已經多久沒見過蜂蜜了？

小心點，不要讓蜂蜜黏住腳！

嗡～

嗡

我知道的，
別擔心。
啜
啜啜
好甜啊！
真幸福！
這裏真是個好地方！
在狐狸醒之前，
趕緊走吧！
再吃一點
就走！
嗚呀！洞穴
真討厭……
啊，腳提不起來了，
我動不了！
我也是！
噢！
哎呀，太愚蠢了。竟然因為貪吃而最終
付出了生命！假如有自制能力，就不會
落得如此下場……
嗚嗚
咕嚕嚕
睡醒後，又覺
得餓了呢。

狐狸和葡萄

寓意
別因為自己能力不足，而把失敗歸咎於別人。

好餓啊，我們吃完飯再走不行嗎？

跟朋友會面後再一起吃晚飯吧。

急步

啊～是葡萄啊！

好高啊！

好想吃啊！我一定要吃到它！你快趴下。

不要！

我要吃葡萄！

嘿咻　呼呼

撲騰

撲騰

兔子，烏龜！你們都過來幫忙摘葡萄吧！
不要鬧了，快走吧……
我們吃完飯，才剛剛回到宿舍呢。
你們居然已經吃飯了？！
嘿咦
咚
嘿咦～
咚
砰～
哎呀呀！
看着看着，那葡萄…
很痛嗎？
那葡萄看起來還沒熟呢，應該酸得很！
沒錯，你這樣想可能會更好。

貪心的小狗

寓意
貪得無厭的話，可能會連自己擁有的東西都會失去。

啊，是誰把骨頭丟在這裏？我居然也有這種好運！

咦？橋下這傢伙的骨頭竟然比我的還大呢？

那塊骨頭也是屬於我的！

哼哼

黃狗啊，你為什麼爬到欄杆上，很危險的！

不會是因為看到水裏倒影的骨頭才這樣吧？

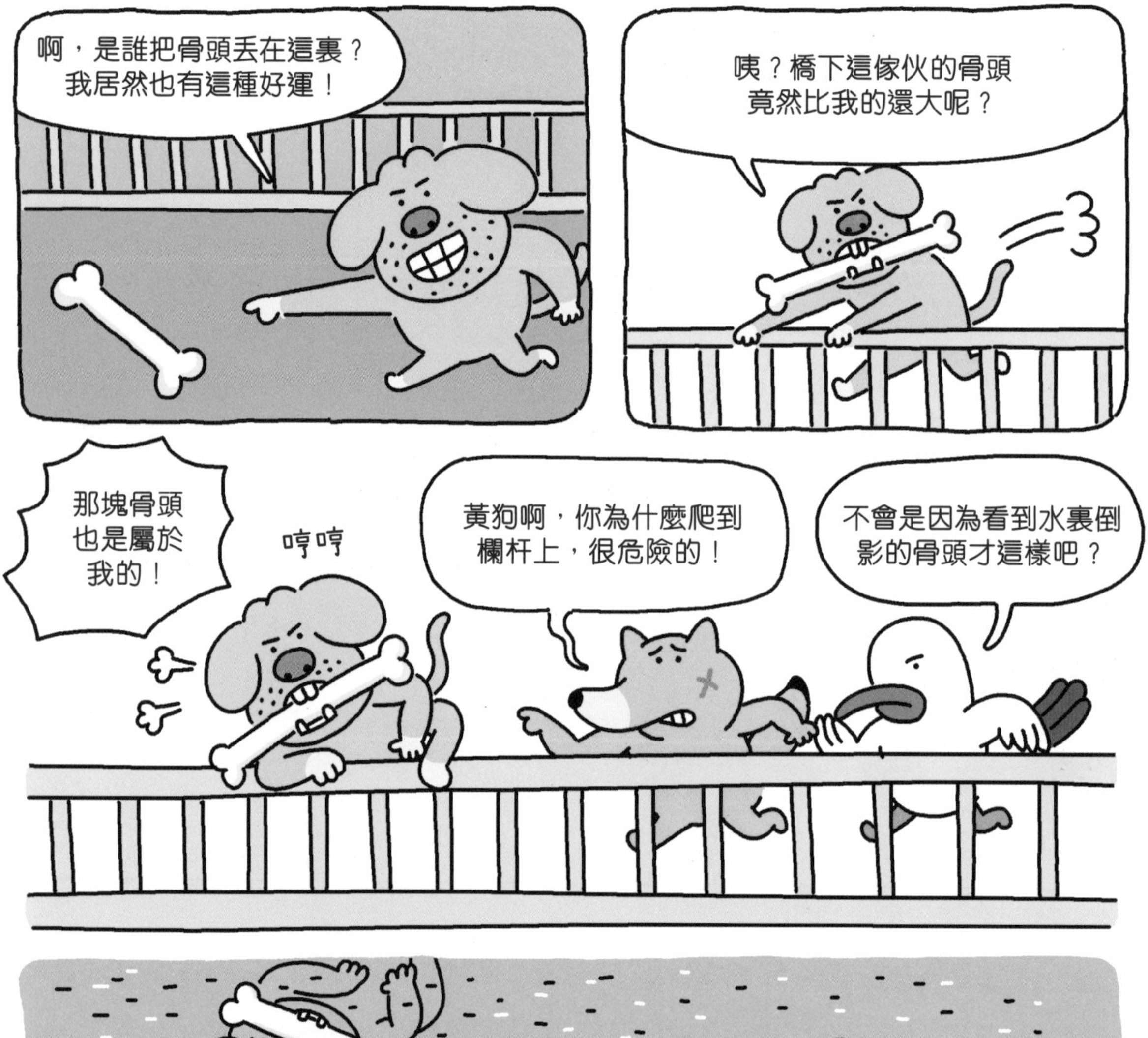

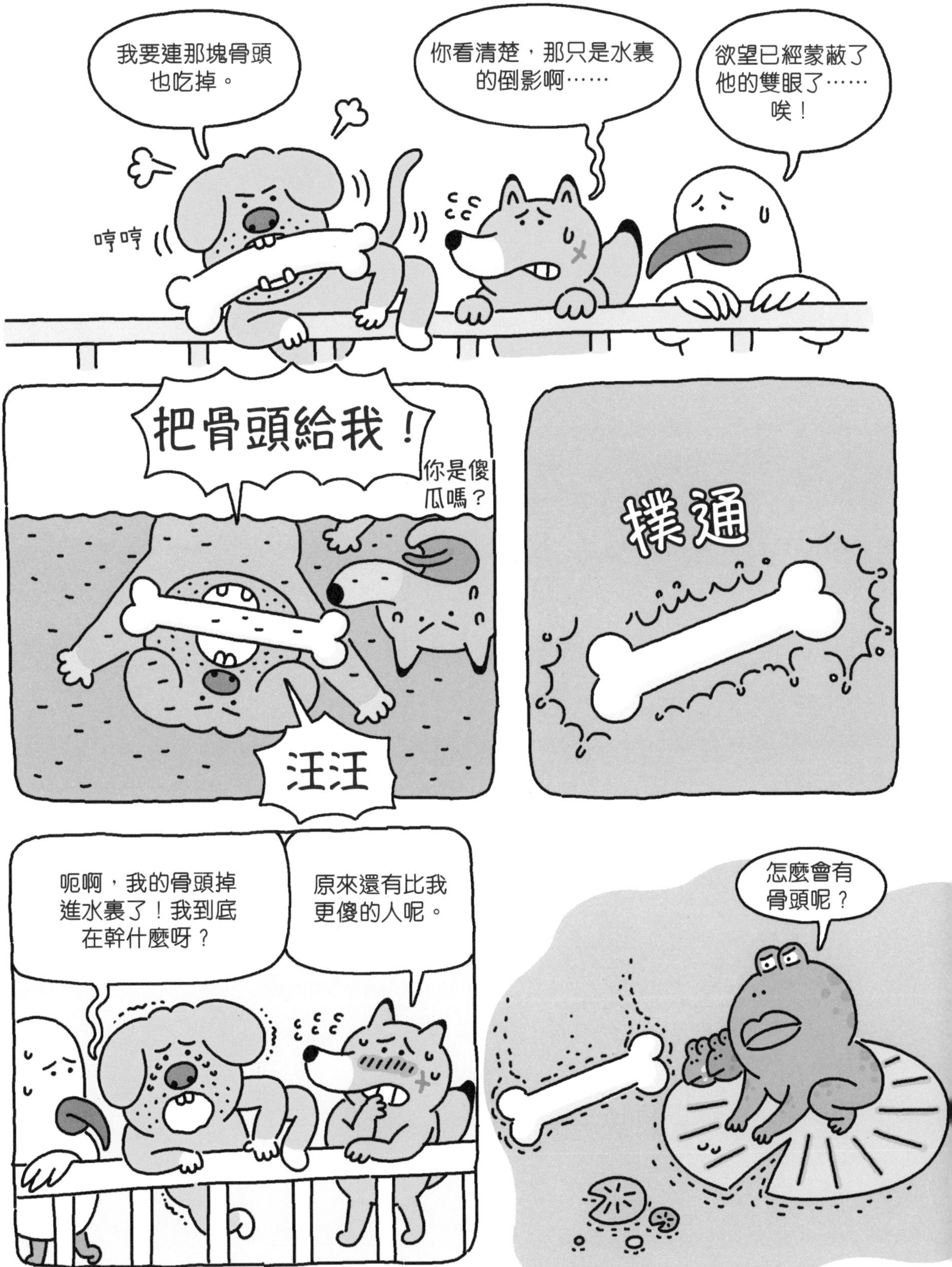
我要連那塊骨頭也吃掉。
哼哼
你看清楚，那只是水裏的倒影啊……
欲望已經蒙蔽了他的雙眼了……唉！
把骨頭給我！
你是傻瓜嗎？
汪汪
撲通
呃啊，我的骨頭掉進水裏了！我到底在幹什麼呀？
原來還有比我更傻的人呢。
怎麼會有骨頭呢？

愛吹牛的青蛙

 寓意
輕率地模仿比自己強大的人，可能會帶來不幸。

爸爸！今天早上，我們看到一頭非常大的公牛呢。

哼！不就是公牛而已，能有多大隻呢？

比爸爸大一百倍呢！

哼！

是嗎？有這麼大嗎？

哎喲，還差得遠呢！
那，那這樣呢？是不是很大隻？
呼嗚
哎，爸爸……別再嘗試了，你看起來很辛苦呢。
不，我還可以更大。你看，現在我跟他差不多大了吧？
哆嗦
哆嗦
啊啊啊
嗚呃
砰
呱呱呱呱砰呱呱呱
很高興聽到青蛙的叫聲，這次濟州島旅行真是來對了。
喂？
鄉下老鼠啊，你家到底在哪？這裏太偏僻了，我找不到啊。

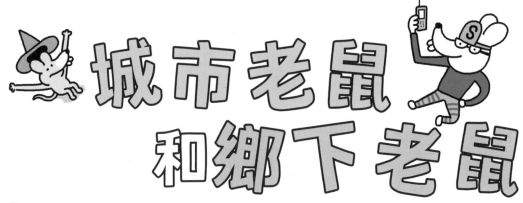

城市老鼠和鄉下老鼠

寓意

比起膽戰心驚地飽餐，還不如過着節儉舒適的生活。

唉，終於找到了。你家為什麼這麼遠啊？
城市老鼠，歡迎你啊！
歡迎
路上辛苦了！我請你吃美食吧！
哼，你居然讓我吃這種東西？
怎麼了？這是完全天然的有機菜啊。
這完全不行。明天我們一起去首爾吧，讓我來好好招待你。
真的嗎？好高興啊！
嘩，太棒了！你每天都吃這些東西啊？
你盡情吃吧！
好美味啊！

快逃走！
人類來了！
可惡的老鼠！
撲騰
撲騰
我的尾巴被踩住了，快救我！
抓住我的手！
啊，我們差點就死了。在首爾生活的每一天都這麼危險嗎？
對不起啊朋友，這裏的生活也很艱難呢！
咕噥
我還是不適合城市呢，就算貧窮，我也選擇住在鄉下。
鴉鴉鴉
真舒服！能住得安心的地方才是天堂呢！

一隻模仿老鷹的烏鴉

寓意

不自量力地跟比自己強很多的人競爭，可能會碰一鼻子灰。

咦？是「天空之王」老鷹啊！
鴉
鴉
他叼着一整隻羊呢，好帥啊！
咩咩咩咩
咻嗚
老鷹叼着一隻羊在飛呢！奇觀啊！
快點拍下來發布到社交平台去。
哼，我也會獵食啊！不是只有老鷹才能抓羊呢！
是嗎？

哼
來吧，準備拍我的英姿！
咩咩
撲
?
怎麼最近這麼多烏鴉呢！
放開我！
你知道養羊有多辛苦嗎？難度你以為你能成為老鷹嗎？
救，救命啊……
鴉 鴉 鴉 鴉
鴉 鴉 鴉 鴉 鴉 鴉 鴉 鴉 鴉
鴉鴉鴉！ 鴉嘔 鴉嘔 鴉嘔！ 嗚嗚！
濟州島三寶果然是石頭、風和烏鴉呢。
嗯？

狼和白鶴

🐰 **寓意**
幫助壞人，不被傷害已經是萬幸了，千萬不要妄想對方會施予報答。

那是狼嗎？

小心點！

狼好像受傷了。

我的喉嚨好像被魚骨卡住了，可以幫我看看嗎？

哎呀……

你清醒點！那可是狼啊！

可是怎麼能當作沒看見呢，我們要幫他才行。

不行了！

哎呀，我快死了……

白鶴啊，求你了！幫我把魚骨取出來吧，我會滿足你所有的要求的。

好的，讓我看看。啊，我看見魚骨了！
我一定會報答你的。
我幫你取出來，你把嘴巴再張大一點！
嗯嗯
看看這魚骨，我很辛苦才取出來的。
現在是報恩的時候了！
幹得好！
咕嚕 咕嚕
呼，終於舒服了。
報恩？別開玩笑了！我不吃你就已經是你的萬幸了！
什麼？
你這個不懂感恩的壞蛋！你現在是在威脅我嗎？
白鶴，要忍耐啊！
覺得委屈的話，你就祈求下輩子能做狼吧。
我要用蟹鉗把你的嘴巴夾住！你為什麼這麼壞？
會挨打的！
因為我是不知報恩是何物的狼。

幼蟹和母蟹

寓意
教育別人之前，應該先以身作則。

噠噠噠噠噠噠噠噠噠噠

唉，他們差點殃及池魚了！在他們過來之前我們要趕緊逃跑啊。

孩子啊，想在這個兇險的世界裏生存的話，你一定要學會好好走路啊。

來，試試這樣端正地走路吧。

好！

你這樣橫着走怎麼行呢？

媽媽，我做不到，好累啊。

我也不知道啊……

你一定可以做到的，不要放棄！

知道了，我會好好練習的。

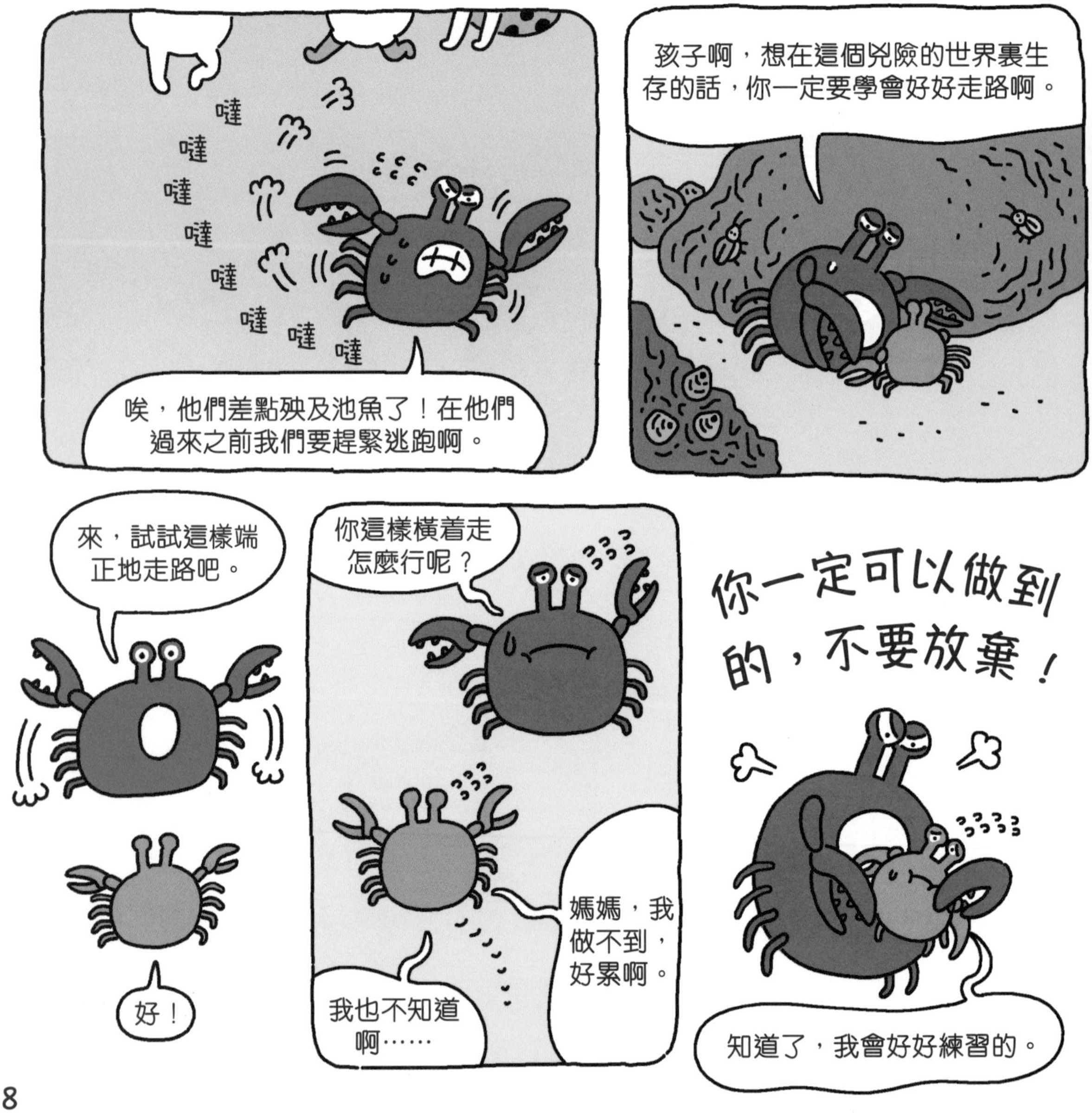

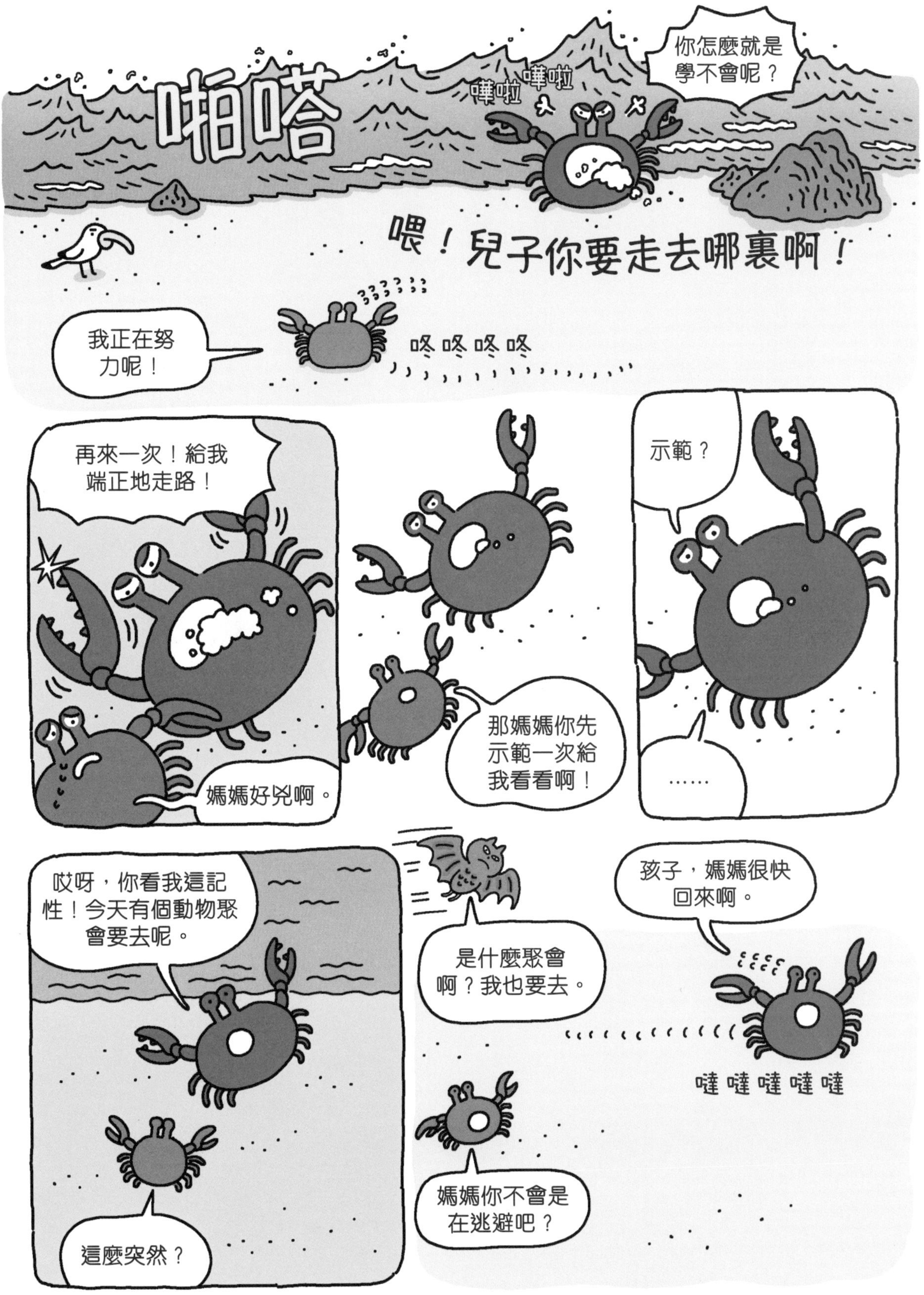
啪嗒
嘩啦 嘩啦
你怎麼就是學不會呢？
喂！兒子你要走去哪裏啊！
我正在努力呢！
咚咚咚咚
再來一次！給我端正地走路！
媽媽好兇啊。
那媽媽你先示範一次給我看看啊！
示範？
……
哎呀，你看我這記性！今天有個動物聚會要去呢。
這麼突然？
是什麼聚會啊？我也要去。
媽媽你不會是在逃避吧？
孩子，媽媽很快回來啊。
嗟嗟嗟嗟嗟

鳥、獸和蝙蝠

寓意

如果立場總是搖擺不定、沒有主見的話，很可能會被人討厭的。

出事了，出大事了！
呼嚕嚕
飛禽與走獸們打起來了！
踏踏踏踏踏踏踏踏踏踏
啊，飛禽們正佔上風呢，我要加入飛禽這邊才行。
咕
咕
咦，戰況被逆轉了啊！我要加入走獸那邊才行。
砰

我們停戰吧？打架一點好處都沒有呢。
沒錯~
沒錯，好吧。我們不要互相消耗力氣了。
贊成~
不打架真的太好了，我本來就是站在飛禽這邊的呢！
哼！蝙蝠，我們鳥類個個都看着你加入走獸那邊了呢！
我們不需要這種見風使舵的戰友。
對不起，我們這邊也不能接受你。
滾！
對不起……
你就自己一個人生活吧！
被他們趕進山洞生活了……嗚。

狼來了

寓意

經常說謊的話，儘管說真話也不會有人相信了。

好無聊啊，不如開個玩笑吧？如果我喊「狼來了」的話，大家肯定都會被嚇到吧？
說謊是不對的。
狼來了！
什麼？狼來了？
狼在哪裏？
哪裏？哪裏？
哈哈哈，騙你們的！

為了趕過來，我蛋都沒下呢！
上次也是這樣，又說謊了？想試試被這堅硬的鵝蛋教訓嗎？
看來他經常說謊。
哼，臉皮太厚了！
信的人真是傻瓜呢，呵！
你好重，快走開。
你總是這樣，如果真的有狼的話，怎麼辦啊？
怎麼可能真的有狼呢？
第二天
好無聊啊，再開個玩笑吧？
狼……
呃啊
狼來了！
嗷！
怎麼辦！狼真的來了，但是沒有人過來幫忙了……

下金蛋的鵝

寓意

人要學會對自己擁有的一切感到知足。

鵝啊，今天也辛苦你了，謝謝你每天為我們下金蛋啊。
不客氣，我也很感謝你。
老公，鵝今天又下金蛋了。
嘩！是黃金蛋啊！
多虧了你，我們可以買車又買房，已經變成富翁了！哈哈！
呵呵！
但是我有點好奇，為什麼你每天只能下一個金蛋呢？
為什麼好奇這個呢？

原則上，就是每天只下一個蛋的。
你看，她在發抖呢，肯定有事瞞着我們吧？
一天應該能下三隻蛋才對吧。
你也想這麼想的？
那我們開始吧？
我肚子裏已經沒有黃金蛋了！
別說謊了！不然你為什麼要逃跑？
雖然很抱歉，但我們也沒其他辦法了。
抓緊她！
你們一定會後悔的……
原來鵝說的是真話，她肚子裏真的什麼都沒有呢。
鴉鴉鴉
我們為什麼要這麼貪心呢？

愛慕虛榮的烏鴉

寓意
利用別人的東西獲得的好處,是不會長久的。

鴉鴉鴉

特別報道!森林裏將要選出最漂亮的鳥,成為百鳥之王啊!

真的?那我要好好打扮一下了!

我的羽毛怎麼樣?很漂亮吧?

你看我這優雅的羽毛,百鳥之王肯定是我。

怎麼辦好呢?我也想成為百鳥之王呢……

是他們掉下的羽毛啊……沒錯，我這樣做就行了！
五顏六色，看起來一定很漂亮的！
華麗帥氣的變裝完畢！
哗，你就是我們的王了，好漂亮呢！
我也覺得很漂亮呢！嘻嘻，開心到跳舞啊！
嗚呼
咦，羽毛全掉下來了！
什麼呀？你是撿了我們的羽毛來裝模作樣的嗎？
被發現了
咦？這不是我的羽毛嗎？
過分！
今天烏鴉的叫聲聽起來特別悲傷呢！
我也很想變漂亮啊！
鴉
鴉
鴉

吃飽了的狼和小羊

寓意
有時候，真誠對待敵人，或許能感動對方。

狼肯定不會放過那隻小羊了吧。

如果你說三句真話，我就放了你吧。

真，真的嗎？

第……第一！我再也不想見到狼了！

哦呵，是嗎？那第二句呢？

我們過去教訓那隻可惡的狼吧！

危險啊！

第二，我希望全部狼的眼睛都瞎掉！

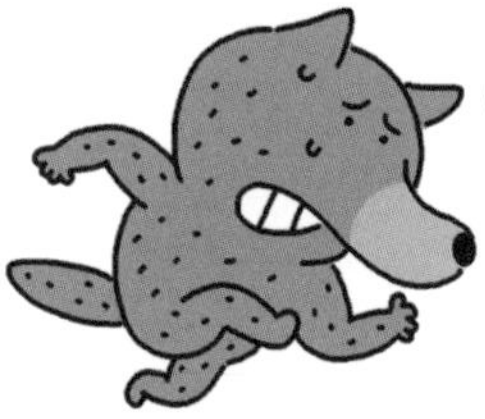

很好，你非常誠實。第三句真話是什麼呢？
咩咩
可惡！我不能就這樣袖手旁觀！
忍耐！
第三呢…
抖抖
我希望所有的狼都死掉，從此再也不能欺負羊。
什麼？
好吧！既然你說的都是真話，我就遵守承諾放你走。
太好了！
小羊剛才肯定很害怕呢，但是他很勇敢啊。
…
耶！
原來對着這麼可惡的狼時，真誠也是有用的。

青蛙和老鼠

寓意
做壞事的人，必定會受到懲罰的。

嘿～

嗚哈哈

你要去我家玩嗎？我給你做點好吃的吧。

你家不是在池塘裏面嗎？我可不會游泳啊。

這樣吧，把我們的腿綁起來就可以了。你只要相信我，跟着我就行了。

好辦法！

哈，真的太天真了！

嘩，我第一次看到這麼美麗的景色呢！
青蛙，還有多遠才到啊？
我快要不能呼吸了，要回到水面去。
廢話少說，跟着我就是了。
呵呵
嗚嗚
快到了，水流是不是好舒服呢？
怎麼有隻老鼠？
免費午餐！真好！
太棒了！還附贈一隻肥美的青蛙！
不要！

狐狸和樵夫

 寓意
身邊總有一些人表面上說盡好話欺騙人,實際上幹盡壞事害人。

不要!

救命啊!

我正在被獵人追趕,你可以幫我躲起來嗎?

那你先躲到柴枝後面吧。

樵夫先生,請問你有看到一隻狐狸經過嗎?

不,不知道……我好像沒看到。

那邊~

明明是跑到這邊的，那傢伙到底藏到哪裏去了？
獵人先生真沒眼力。
我去那邊看看吧！
踏踏踏
狐狸啊，獵人走了，你現在可以放心了。
……
喂，招呼都不打就走了？我好歹也幫了你呢！
咻
我看見了，大叔你明明想告訴獵人我在這裏。如果你不是心口不一的話，我一定會感謝你的。
唰啦
你看到了？
唰啦
至少把雨傘留給我啊……

螞蟻報恩

寓意

對人行善，必有好報。

救命啊！
救命啊！

啊？螞蟻掉進水裏了！

快點抓住這片樹葉！

真的很感謝你啊！
不用客氣，你要小心點呢。

咦，那個不就是獵人嗎？
天氣真好啊！
危險！
踏踏踏踏
不行！
咬
砰
啊，好痛啊！怎麼回事啊？
鴿子，路上小心啊！
謝謝你啊，螞蟻！

螞蟻和蚱蜢

寓意

為了不遠的將來，要學會未雨綢繆，不要懶惰。

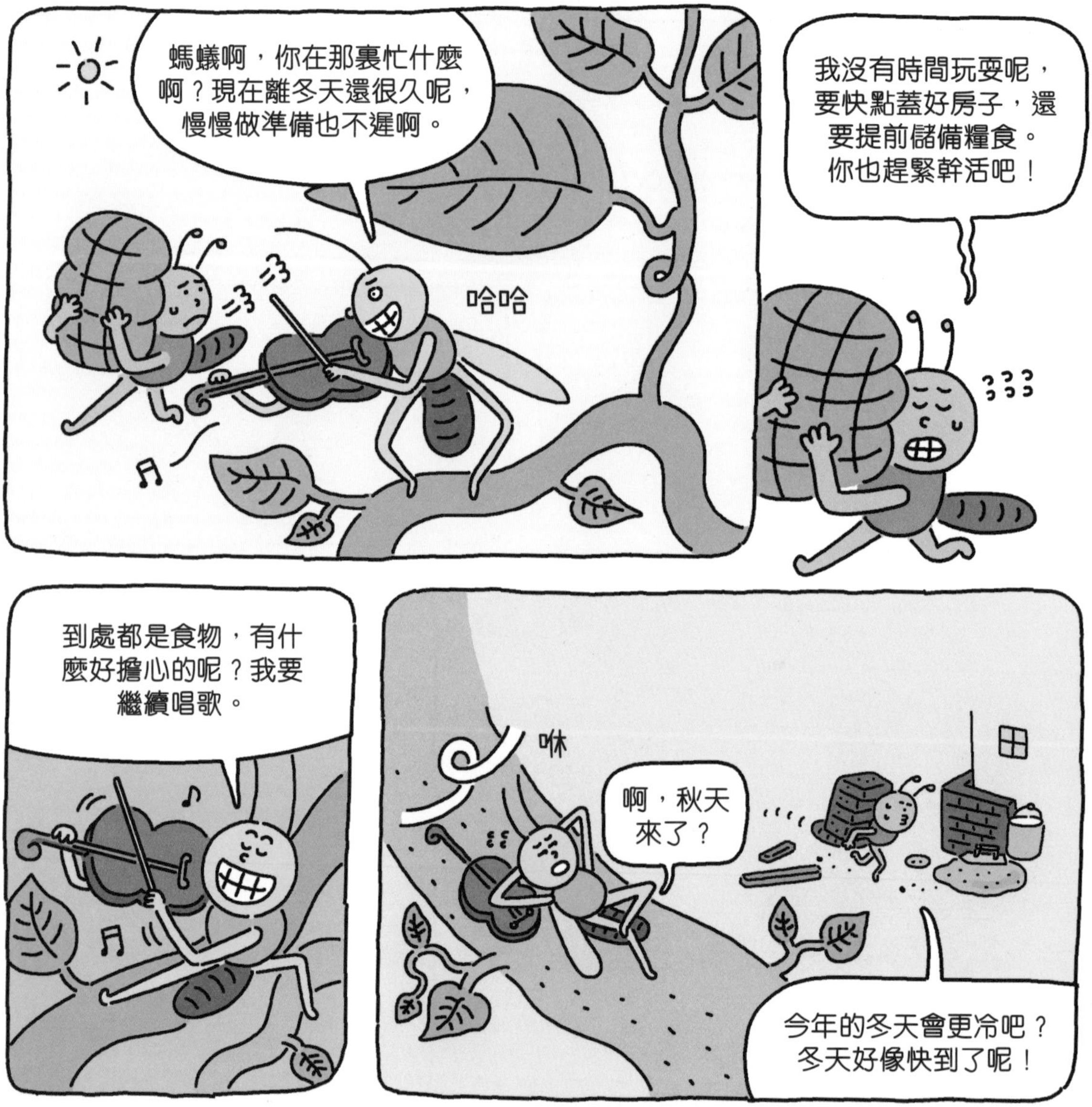

螞蟻啊，你在那裏忙什麼啊？現在離冬天還很久呢，慢慢做準備也不遲啊。
哈哈
我沒有時間玩耍呢，要快點蓋好房子，還要提前儲備糧食。你也趕緊幹活吧！
到處都是食物，有什麼好擔心的呢？我要繼續唱歌。
咻
啊，秋天來了？
今年的冬天會更冷吧？冬天好像快到了呢！

好冷
好餓
又冷又餓，我快死了……冬天怎麼來得這麼快啊。
顫抖
哎喲，好冷啊。去請求螞蟻的幫助吧……
螞蟻啊，給我一點食物吧，我快餓死了……
噢，你進來吧。
螞蟻啊，這個冬天可以收留我嗎？外面太冷了。
不行啊，我家太小了。你早應該做好準備的。
我早應該聽螞蟻的話，夏天不應顧着玩，早點做好準備才是。
抖抖抖
好溫暖啊。發個短信問一下蚱蜢過得怎麼樣吧。

狼和小羊

寓意

無論你的理由有多充分，壞人都不會聽的。

咦？看看那隻落單的小羊，怎麼碰到我也仍然無動於衷呢？
喂，小羊！
你把水都弄髒了，我現在都喝不了呢！你想被我教訓嗎？
我明明很小心地只用舌尖喝水，而且你在上方，水是往下流的，我怎麼弄髒你喝的水呢？你別耍賴了。

啊，這討厭的傢伙！最近的孩子越來越口齒伶俐了。
我想起來了！去年你也是這樣侮辱我的父親的？終於被我遇見你了！
不會吧？
去年？我那時候還沒出生呢。
不管你怎麼辯解也沒用！
踏踏踏
我一定要吃掉你！
踏踏踏踏踏
為何這樣？太討厭了！

裝瘸腿的驢子

寓意
面對強大的敵人時，要保持冷靜，沉着應戰，運用智慧打敗敵人。

哎呀，顧着吃草，現在才看見狼呢！怎麼辦啊？

踏 踏 踏 踏

不能就這樣被抓，要想想辦法！

驢子啊，你的腿怎麼了？

嗯？好奇嗎？

一瘸

一拐

我的腳底被很粗的刺插住了，痛死我了！

肯定很痛吧，我也試過呢。

不過現在也沒關係了，反正我馬上就會被你吃掉。但我最擔心的是，這根刺可能會卡在你的喉嚨裏呢。
呃，我再也不想被刺卡住了。
狼啊，在吃掉我之前，你最好先幫我把刺拔出來吧。
我把腳遞給你，你幫我把刺拔出來吧，你可以做到的。
迷茫
我又不是醫生，怎麼會……
好吧，讓我看看。看來刺扎得很深啊……我看不見呢。
你看仔細一點，會看到的。
是機會了！看招！
被驢子騙過來當醫生了。哼，好生氣啊！
好痛……
我真聰明！

狐狸和被選為王的猴子

 寓意
輕率的行動不僅會讓人失敗，還可能會讓自己淪為笑柄。

我是大王啊！

你看他身手多靈活！嘩，好厲害啊！

我們就選能給我們帶來歡樂的猴子當大王吧！

太不像話了，那傢伙竟然能成為我們的大王。我不認可！

猴子啊，為了紀念你成為大王，我準備了一份特別的禮物。跟我一起去看看吧？

好，什麼禮物？我想快點看到！

看到那塊肉了嗎？那就是我給你的禮物呢。
哇，好香啊！我不客氣了！
好美味啊！
啊？怎麼回事啊！
哈哈！狩獵成功！
你竟敢誘騙身為大王的我？
你現在才發現嗎？這是我設好的陷阱呢⋯⋯
你這麼愚蠢，怎麼領導我們呢？你早有自知之明就好了。

拋棄朋友的狐狸

寓意
作出背叛朋友等的壞事，自己最終也會自食其果。

我在前面擋着，你繼續追。

好的！收到！

嚇死我了！你怎麼突然出現啊！

嗷吼

剛好肚子餓了，今天運氣真好啊！

等……等一下！

獅子啊，你聽我說。如果你現在就把我吃掉的話，你一定會後悔的。

我為什麼會後悔？

抖抖抖

如果你放過我的話，我可以幫你製造陷阱，讓你輕輕鬆鬆就能抓住驢子。
儘管試試！
雖然有點對不起他，但只要能讓我活下來就好了。
成功！
你怎麼可以這樣背叛我呢？
你做得真好呢……
呵呵，這不算什麼。
你應該知道後果吧？真是隻愚蠢的狐狸。
掐住
喀喀！
背叛朋友是要受懲罰的。你再犯的話，我一定會狠狠地教訓你！
知……知道了，我再也不敢了！

獅子、驢子和狐狸

 寓意
人都是從身邊人的不幸中學習和成長的。

今天的狩獵很成功呢！驢子，你來分配獵物吧！

好的！我把獵物平均分成三份吧。總共是多少隻呢……

我一隻，獅子一隻……

嗯？你竟然說要平均地分成等份？
怎麼了？這樣分不對嗎？
嚇了一跳。
他為什麼生氣呢？
你在侮辱我嗎？如果我們不是朋友的話，你就是我今天的午餐了！
太過分了！
狐狸，你來重新分配！
知……知道了。
好，我分好了。這一堆是你的。
不愧是你！不錯！
狐狸，你真的好聰明啊！現在你來跟驢子說說分配的秘訣吧？
這沒什麼，我也是看到驢子把獵物分成三等份的下場後才領悟到的。我只要分到一隻獵物就夠了。
嗯，這樣才對。聰明！
討厭的傢伙！

老鼠報恩

寓意

強者也有需要弱者幫忙的時候。

嘩，好大隻啊！
來玩一下滑滑梯吧！
噢！
你是誰啊？
請放過我吧！如果你放過我，我一定會報答你的恩惠的，好嗎？
你有什麼本事報恩啊？不過我就原諒你一次吧。
呃哼！
抓

幾天後
什麼？
踏
這感覺……
是陷阱啊！
身為森林之王的我，竟然
死得這麼冤枉……
獅子有危險啊！
踏踏踏踏
唓嚓
唓嚓
再忍耐一下，
我來救你！
逃出
老鼠啊，真
的很感激你。
能夠向你
報恩，我
也很高興
呢！
作為報答，我讓你一輩子
待在我的背上吧！
是獅子啊！

農夫和兒子們

 寓意
努力就會有收穫。

我一定要在死之前，教會兒子們種田才行啊……

嗯……有了，想到一個好辦法！

我優秀的兒子們，在我死之前，有些話想跟你們說，快過來吧！

我把留給你們的財產都埋在這片葡萄田下了，你們到處找找看吧。

爸爸，為什麼要這麼累將財產埋在地下啊，直接給我們不是更好嗎？

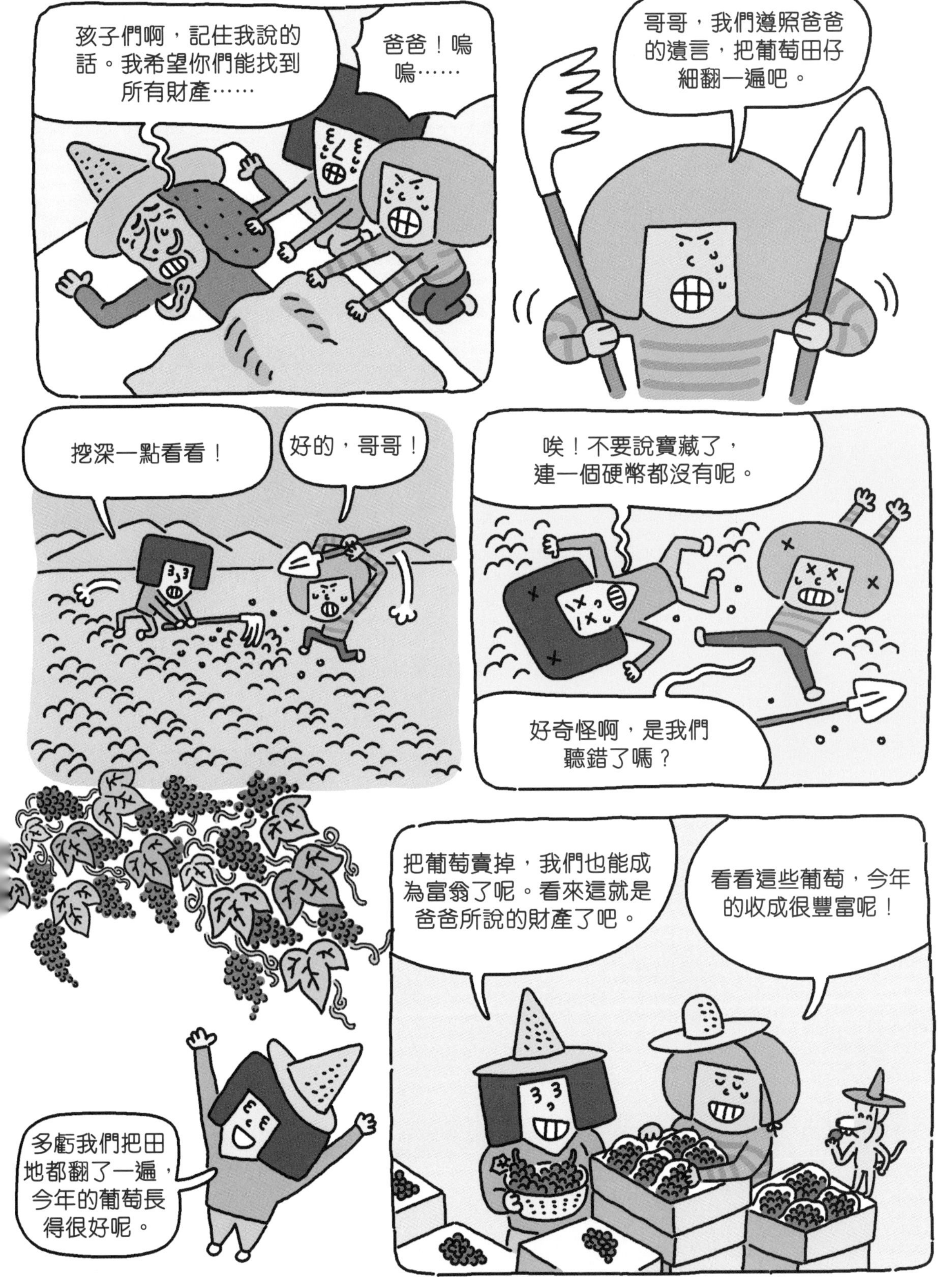
孩子們啊，記住我說的話。我希望你們能找到所有財產……
爸爸！嗚嗚……
哥哥，我們遵照爸爸的遺言，把葡萄田仔細翻一遍吧。
挖深一點看看！
好的，哥哥！
唉！不要說寶藏了，連一個硬幣都沒有呢。
好奇怪啊，是我們聽錯了嗎？
多虧我們把田地都翻了一遍，今年的葡萄長得很好呢。
把葡萄賣掉，我們也能成為富翁了呢。看來這就是爸爸所說的財產了吧。
看看這些葡萄，今年的收成很豐富呢！

鹿和葡萄藤

寓意
不善待對自己有恩的事物，還反過來對其作出傷害，必然會受到懲罰。

踏踏踏踏

雖然被獅子逃走了，但我一定要抓住那隻鹿！

明明狐狸跟鹿也是跑到這邊了……他們怎麼這麼會隱藏呢？

去那邊看看吧！

幸好逃過一劫！

剛好肚子餓了，摘一些葉子來吃吧。

葉子怎麼這麼香啊？好吃得停不下來呢。

抓到你了！原來你躲在樹枝後面呢！剛剛我怎麼沒看見呢？
突然
我不應該摘葉子吃的！我真傻！
曾救我一命的藤葉啊……
都被我吃光了……
大叔！你在對柔弱的鹿做什麼？
快放開他！
報案中心嗎？有獵人正在折磨動物啊。地址是……
救命啊！

虛榮的小鹿

 寓意
貪慕虛榮往往會讓我們看不到事物的真正價值，做出錯誤判斷。

幸好有雙長腿！能死裏逃生真是萬幸啊。

踏 踏 踏 踏 踏 踏

呼……喝口水再跑吧。我的角真的太好看了！難怪獵人會垂涎。

但是，我的腿像筷子那般細，看起來很不帥氣啊。

嗷吼

是獅子啊！
快逃跑！
怎麼跑得那麼快
啊？喂，鹿！
呼……甩
掉他了！
外面太危險了，還
是趕緊回家吧。
啊，角勾在樹
枝上了！
怎麼辦？
抓到你了，
你這傢伙！
不要！
我果然是
森林之王！
不帥氣的腿
曾經救我一
命……
嗚嗚～
但卻因為這對
漂亮的角而被
抓住，真的太
冤枉了！

獅子和公牛

寓意
聰明的人不會被同一個小把戲欺騙兩次。

呵呵，原來他在這裏呢。

我要把那傢伙帶回家，作為今天的晚餐……嘿嘿！

公牛啊，我今晚吃羊肉串，你要來我家一起吃嗎？

哎喲，嚇我一跳！好，好啊……

期待我的料理實力吧！一定會很好吃的。

快煮好了。
再等一會兒，鍋裏的水快好了，呵呵！
這裏只有鍋和竹籤，並沒有看到羊肉，那就是說……
喂，你怎麼逃跑啊？
踏
踏
踏
踏
原來獅子是騙我的！快跑！
我什麼都沒有做呢，你怎麼突然走了？
這裏沒有抓到羊的痕跡，而你又是肉食動物，所以那塊肉就是我呢！
真聰明啊！
我不會被騙兩次的！
踏
踏
踏

狼和他的影子

 寓意
有着妄自尊大的性格，終會碰壁的。

哦，我長得好高啊？看起來比獅子還高呢！

纖長

獅子，放馬過來吧！哈哈！

現在我是 **大王**！

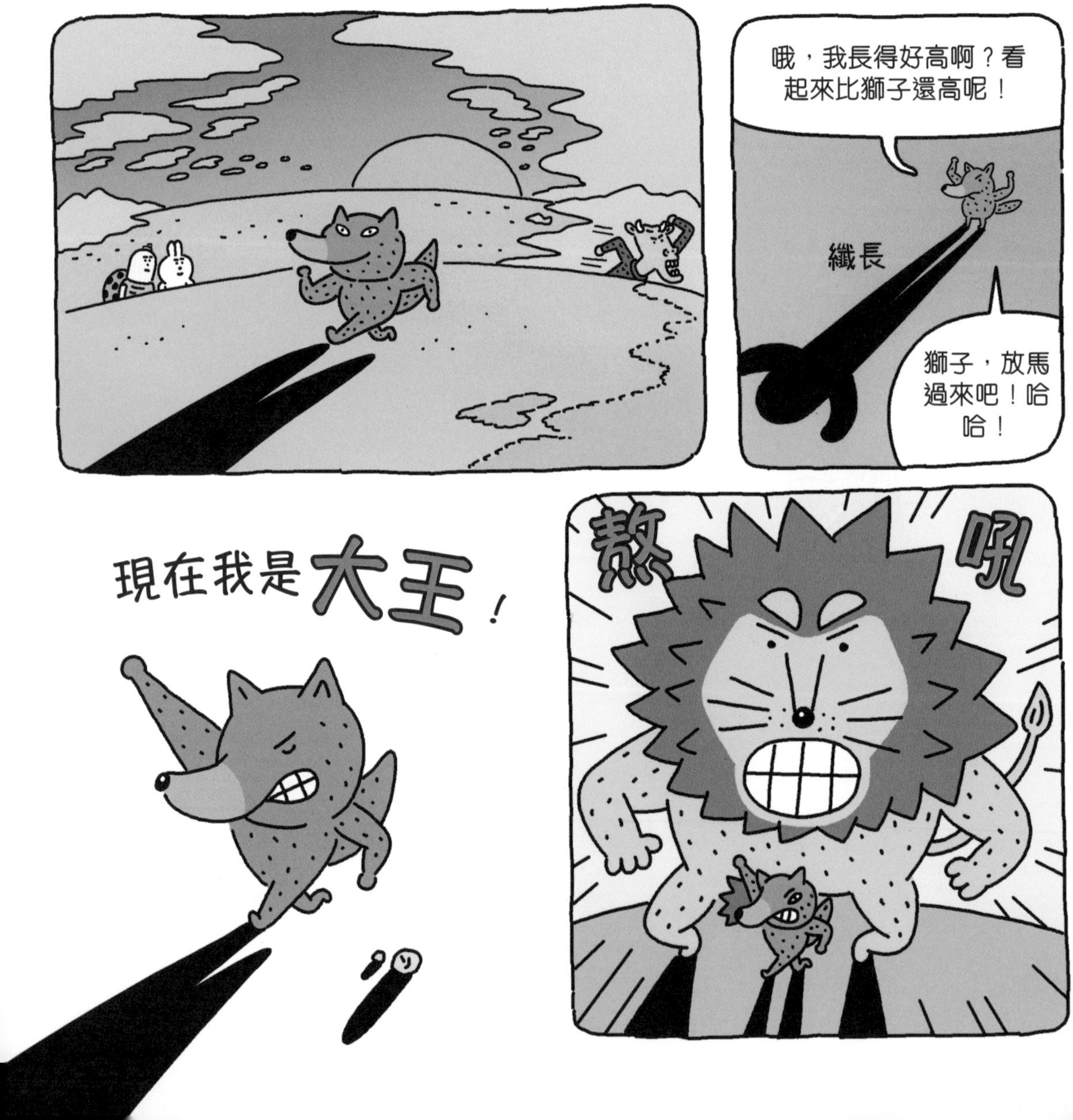

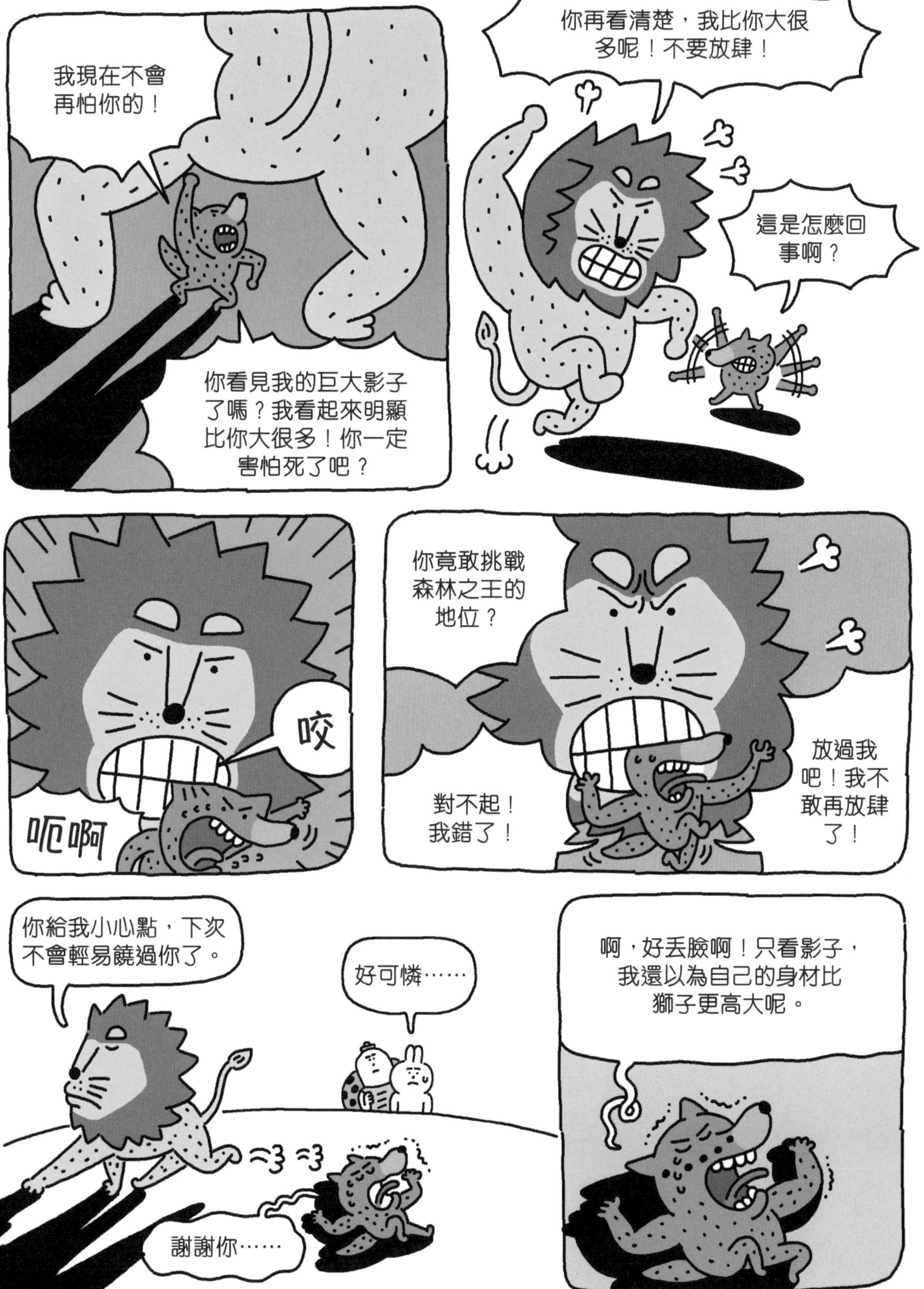

我現在不會再怕你的！
你看見我的巨大影子了嗎？我看起來明顯比你大很多！你一定害怕死了吧？
你再看清楚，我比你大很多呢！不要放肆！
這是怎麼回事啊？
咬
呃啊
你竟敢挑戰森林之王的地位？
對不起！我錯了！
放過我吧！我不敢再放肆了！
你給我小心點，下次不會輕易饒過你了。
好可憐……
謝謝你……
啊，好丟臉啊！只看影子，我還以為自己的身材比獅子更高大呢。

只在晚上鳴叫的 紅靈鳥

 寓意
事情既已發生，再計較也沒用。

吱
吱
吱
吱
吱
吱
吱

呃啊啊……好吵啊！究竟是什麼鳥每晚都這樣子叫呢？

吱
吱
吱
吱
吱
吱
吱
吱

我受不了！要去找他理論才行。

喂！你晚上都不睡覺的嗎？

都是你，吵得我都沒辦法專心狩獵了。

因為我白天唱歌的話會被抓住的，所以現在打算只在夜晚唱歌。你有意見嗎？
真令人無語。
不想被抓的話，你應該小心一點才是。晚上唱又有什麼用呢？
那，那也是……
注意自己的聲量吧。
嗯。
吱吱吱吱
在星光燦爛的夜晚聽鳥兒唱歌，真的很有氣氛啊！
我的歌聲怎麼樣呢？嘎啊啊哦！

蚊子和獅子

寓意
任何時候，立場和情況都有被逆轉的可能，千萬不能驕傲自滿。

被蚊子吵得沒法睡覺，真討厭！

嗡嗡

這次去折磨誰好呢？啊，我想到了！

嗡嗡

獅子啊，你長這麼大隻又怎樣，來抓我呀？我一點都不怕你呢！

什麼？這是做夢還是現實啊？

原來是蚊子你啊？被我抓到你就死定了！

呵呵！

他太細小了，
根本抓不到！
生氣
嘻，生氣了？
哼，好氣人啊！但是完全抓不到他……
你認輸了嗎？
對，我認輸了。
那就讓我多叮幾下吧。
現在我是百獸之王了！
呃……
啊，撞到蜘蛛網上了。我怎麼沒看見呢？
啊，放開我！我連獅子都贏了，竟然死在區區一個蜘蛛網上……
呵呵，今天是吃蚊子的日子呢。

狗、公雞和狐狸

寓意
有智慧的人在遇到危險時，總會找到很好的應對方法。

我們是最親密的朋友啊！

我睡在這裏很安全呢。

晚安，公雞。我就睡在下面吧。

喔喔喔喔

咦？是我喜歡的公雞呢，今天早餐就來吃炸雞吧！

公雞啊，我被你美妙的聲音迷住了。你可以下來給我簽個名嗎？
好啊，那你先幫我把睡在樹下的看門人叫醒吧。
那樣我就下去。
看門人？好的，我去叫醒他。
你是看門人嗎？公雞讓你趕緊起牀！
你這天真的狐狸，知道自己被騙了嗎？
咬
很痛！
竟敢在這裏搗蛋！
嗚，被騙了！
踏
踏
踏
踏
踏
踏

掛鈴鐺的狗

寓意

吹牛者過分吹噓的話，必然會暴露自己的弱點。

昨天晚上被蚊子吵得沒睡好，今天一大早又被狗吠吵醒。
噹啷 噹啷
汪汪！
黃狗啊，你不要戴着鈴鐺到處跑，鈴鐺的聲音太吵了。
主人寵愛我，所以給我戴上了鈴鐺，我要到處炫耀呢！
得意
得意
你別管我，我要去公雞那裏炫耀一番。
噹啷 噹啷

你走路輕一點好嗎？在這裏跑來跑去炫耀什麼呢……
汪汪
噹啷
噹啷
你說什麼？
別咬我的褲子啊，鬆口！
你是在嫉妒我嗎？
汪汪
用力咬
你這傢伙，那是因為你到處惹事！
主人給你繫上鈴鐺，不就是讓你多加小心嗎！
是，是這樣的嗎？
我不知道是這樣，還到處去炫耀呢……
我是個傻瓜啊！
好丟人啊……想找個老鼠洞鑽進去……

貪婪的獅子

寓意
總是冒昧地只懂追求更大利益，最終可能會一無所有。

這裏有意外收穫呢？被蚊子惹生氣了，恰好要找發洩的對象呢！

呼嚕

哎喲，獅子啊！你就放過我一次吧……

咦！那是……？

是上次從我手中逃脫的鹿啊？偏偏在這裏出現了。

抖抖抖抖

先抓住那隻鹿，再回來抓兔子吧！

踏踏踏踏踏踏

哎呀，又碰上那隻獅子了！真煩人！
我的腿啊，跑快點吧！
我哪怕年輕三歲，都能馬上追上他呢……
喘噓噓
好像年輕三歲也不行呢！
好累啊……你走吧！不要再出現在我眼前。
就算沒有你，難道我還怕會餓肚子嗎？我回去抓住剛剛那隻兔子就行了！
咕嚕嚕
咦？兔子什麼時候逃跑了？早知道剛剛就先抓住他……

獅子和野豬

🐰 **寓意**
有着過分好勝的心，有時候會給自己帶來危險的。

嘩，是泉水啊！心情都變好呢！

耶，是水呢！

滾開！我先來這裏的，所以這片區域該由我統治！

這裏哪有分地盤屬於誰呢？你這貪心的獅子。

喂，你想死嗎？

砰砰

砰砰

砰砰

哎喲，好痛啊！我來這裏不過是為了喝水，怎麼結果卻變成這樣呢？

哈哈哈哈哈哈
呵呵呵
…
你看，好像有人在等我們鷸蚌相爭呢。
野豬啊，為了不被老鷹吃掉，我們和解吧？
好啊，我也沒有力氣再打架了。
不行！我在這裏等了那麼久！
生氣
為了不做老鷹的晚餐，我們做朋友吧。你請先喝！
不，我們一起喝吧！

口渴的鴿子

寓意

如果在沒有深思熟慮便貿然行動，最後可能會遭遇不測。

怎麼可以連續一個月都不下一滴雨啊？
嗚嗚
再這麼下去，我們都會渴死的。我們去找水源吧。
哦？看那邊，好像有一口水井呢。
什麼？那裏不可能有水井，一定是你產生幻覺了。

是真的水井啊！我們多久沒見過水了？
鴿子，危險啊！
咦？是因為天氣太熱了嗎？
動物們竟然都分不清是真的水井還是圖畫了。
好想喝啊！
這幅畫畫得太逼真了！

獅子、狼和狐狸

 寓意
處心積慮的陷害別人，可能會害人終害己。

哎喲……我快死了。難道是泉水不乾淨嗎？

獅子大王啊，我有話想對你說。

所有動物都來探病了，只有狐狸遲遲沒有來呢。他怎麼可以這麼過分呢？

獅子大王，我來了！

踏 踏 踏 踏

我聽狼說了，你這傢伙怎麼現在才來呢？
等等！
請先把爪挪開！獅子大王啊，我是為了給你找治病的藥才遲到的。你先聽我說！
什麼？你找到藥了嗎？藥在哪裏呢？
怎麼辦？你該如何是好？
哼
只要把那隻狼當藥吃掉，就可以康復了！
在他跑掉之前，趕緊抓住他。
難道我怕得動不了？
所以，你剛剛為什麼要說狐狸的壞話呢，現在你要遭殃了。
逃……逃……
逃跑吧！

爆笑漫畫伊索寓言 ①

原　　著：伊索
圖　　文：沈車燮 (Shim, Cha Suob)
翻　　譯：何莉莉
責任編輯：黃偲雅
美術設計：張思婷
出　　版：新雅文化事業有限公司
香港英皇道499號北角工業大廈18樓
電話：(852) 2138 7998
傳真：(852) 2597 4003
網址：http://www.sunya.com.hk
電郵：marketing@sunya.com.hk
發　　行：香港聯合書刊物流有限公司
香港荃灣德士古道220-248號荃灣工業中心16樓
電話：(852) 2150 2100
傳真：(852) 2407 3062
電郵：info@suplogistics.com.hk
印　　刷：中華商務彩色印刷有限公司
香港新界大埔汀麗路36號
版　　次：二〇二二年十二月初版
二〇二三年十一月第三次印刷

ISBN：978-962-08-8121-3

18/F, North Point Industrial Building, 499 King's Road, Hong Kong
Published in Hong Kong SAR, China
Printed in China